午後二時の旅人

ITAMI ETSUKO

伊丹悦子詩集

土曜美術社出版販売

詩集　午後二時の旅人＊目次

I

II

詩集　午後二時の旅人

I

鐘の音

旅さきの
村の教会
空に響く鐘の音は
光に散らす——紫の愁いを

銀杏の落ち葉を踏んで歩く
旅人　たった一人のための
その黄金色《きんいろ》の道

銀嶺が見下ろす村

いま
しずかなまぶたの裏にめざめる
あの村

旅人は
古びた背嚢《はいのう》に夢を詰めて
迷い来ては
また去って行く

大きな銀杏の木がそびえる
ちいさな教会
そそり立つ銀嶺が見下ろす

群青の空に
鐘が鳴っている――今も

無数の　そして
たったひとつの〈たましい〉のために

語られなかったこと

人の身の上に起こり得ることは
人の数ほどあろうけれど
どんなことが起こり得たかは
その人にしかわからない

細密な白いレースのような
あの美しく幻想的なカラスウリの花は
日が暮れると咲き
夜の間だけ咲いていて
昼になるとまた凋んでしまう

――カラスウリの花言葉は「良き便り」

良き便り　とはどんな便りなのだろう
あるとき　語られたこと
あるとき　語られなかったこと
そのとき　語られなかったことの中にこそ
多くの真実が隠されてあるにちがいない

ほんのりと寄せる宵闇にひらく
とおい彼方から送られてくる音信
慕わしく　すずしく　なつかしい香り
何と書かれているのだろう

――そっと開かれる　白い封筒
細密なレースのような白い便箋

バラの時間

真昼の静寂
ひかり　水しぶき
落ちてはまた噴き上がる噴水
繰り返す――その労苦はいかほどか

丘の上の
日時計の針はどちらを指す
永遠を　？

青い空から降りてくる葡萄いろの

微塵《みじん》に煌めくものはなに
生と死の秘密をまぜ込んで
太陽が
欠伸まじりに吹き散らす吐息　？

バラ園のツルバラは
落す影の位置を少しずつ変えて行く
時間の薄情さを――ただ過ぎ去るだけの
無数のトゲで
やさしく　掻きむしりながら

目の前の
餌をついばむ鳩の胸にも住む永遠
永遠はすでに　白い影像のように傍に佇み
あたりに無を　人知れず流し

明るすぎる陽光は
隠した秘密を町々に曝す

葬送曲

芝生にしゃがみ
草を抜いていると　ひら　ひら　ひら
黄色い蝶が飛んできた
顔を上げると眼の前で
ひらっと　少し　変な飛び方をした
――あ　清子さん

それから　ゆっくり
飛び去る蝶を目で追いながら思い出していた
一週間前に召された清子さんの言葉

——死ぬことはちっとも怖くはないけれど
　みんなと会えなくなるのが淋しいのよ

数日過ぎての夕方近く
微かな羽音をたてて　一匹の甲虫がまいおりてきた
黄金に耀く　緑いろの夢想
宇宙から来たような発色の翅

夕陽に燃えながら飛ぶ甲虫は　数日後にも来た
私には　わかっていた
清子さんが　もうすっかり遠くへ行くことが

あれから何年経つかしら
私の掌のなかで　いろ褪せもせず
合掌しつつ永遠を夢見る二匹の甲虫

それは　いつまでも少女みたいだった
清子さんからの伝言

――この世で　出会えてよかったね
いつかもう一度　どこかでめぐり合ったなら
「魂の話」をしましょうか
そう　もっともっと若かったあのころ
この世以前の時のように　ね

一瞬だけ

ぽっかりと
宇宙に浮かぶ地球には
一瞬だけ　一瞬だけ
そこにとどまれる

木ではない
魚でもない
鳥でも　虫でも　兎でもなく
ほかのどの星でもなく

たまたま人間として
ぽっかりと
わたしはここにいるが

何のために——とか
いつまで——とか
何を為したとか　為さぬとか
尋ね　たずねても　しょうがない

一度だけ
ほんの一瞬だけ
ぽっかりと　そこに存在する
〈いのち〉とは　そんなものかも知れぬ

ふたたびは生存することのない

そんなものかも知れぬ
深い神秘を湛え
――ひれ伏すような
あとは無窮の時が包む

リュートをください

リュートがほしい
かなしみを奏でるための
星いろのかなしみをつまびく弦が
わたしに与えられたなら

わたしは弾くでしょう
楽譜なら　いらない
夕星《ゆうつづ》が　風にゆらめけば
人の世の　生きるかなしみ奏でます

つまびくためのリュートがあれば
わたしは歌いもするでしょう
夜の街角で、辻音楽師が歌うように
さびしい王様が眠る時も　その枕辺に

リュートをください
さすればわたしは弾きましょう
心の憂いを　花の言葉に変えましょう
夕べになれば星あかり
調べもやさしく軽やかに
貴方に弾いてあげましょう

午後二時の旅人

午後二時の広場では
空に　いっせいに鳩が飛び立ち
「時」の番人が打ち鳴らす鐘の音が
響くよ　古い鐘楼から

人の希いも　時を打つ
胸の奥で　かすかに鳴っている
心臓の鼓動と同じ
休みなく——
きみが　きみ自身を忘れている時だって

人も　その喉のどこかに鳩のような啼き声を持ち
さびしい時　傷ついた時や苦しみの時に
そっと啼いてみせる
ある時は　鳥のように羽を広げ

どこかへ飛び立つ準備をする
煉瓦造りの時計塔の時計は
あたらしい時を刻みながら
誰かをしずかに待ち続ける
いつか帰ってくる人を

時計塔の下で
ふと立ち止まる影よ
足もとに落ちた紫の影は誰のもの

そしてわたしは誰の影
——影は　真似る
おー　君のしぐさを　真似る

たしかに
たしかにわたしはここにいる
それこそが新しい発見
旅の途中で見いだした多くの出来事
だが——今ほどではなかった
プルシャンブルーの空に鳩が
銀の翼広げ　いっせいに飛び立つ今ほどでは

君は　いつからか国籍不明になった
何やら　ぶつくさもの言う紫の影を連れている
——半分青い心臓だもの

それが詩人であることの見分け方

旅人は　孤独な詩人になった
天文時計で午後二時の
広場の鐘が鳴り渡る
よろこびと哀しみが　同時に来たように

カレル橋を渡る

橋上に立ち並ぶ外灯が
聖人たちの彫像をうすぼんやりと照らし出す
そのまなざし――虚空を見つめ　何を思う
あるいは　何を祈り続けるのか
彼らは何故か　もの悲しげに見える

カレル橋*を渡る
中世のこの橋は忘れることがないだろう
かつてはここが戦場であったこと
血なまぐさい処刑場にもなったこと

時の流れは緩やかに
事の詳細を消していく

わたしは旅人　日暮れの匂い
遠く近く　美しい影絵のように
青紫にそそり立つ　幾つもの尖塔に目をやる
それはこの都の紋章のように美しく
天空を突く槍のように　おそろしくもある

行き交う人々に紛れ
橋をそぞろ渡る東洋人のわたしに
西洋の闇が寄り添い　何ごとかを囁く
——人の罪とは何　救いとは何

だが歴史は

そ知らぬ顔で繰り返す
破壊と再生　そしてまた破壊
――人生もまたそのように

ある聖人の台座のレリーフに触れると　幸せが来ると
――その聖人はこの橋から突き落とされ殉教したと
どれだけ多くの手が触れたろうか
幸を求めて　もう　つるつるになるほどに

彫像たちは
雨風にさらされ
歴史にさらされ
虚実にさらされ
多くの涙に洗われながら
沈黙を守る

幸せをねがわない人などいない
だが——その幸せとは何なのか
それがどうしたというのか
吹き抜けの　薄青い天上には　星が
驚くほど大きく輝いて見える

＊　カレル橋—チェコプラハのヴルタヴァ川にかかる橋。
カレル四世（１３１６—１３７８）の命によって建造された。

門

うすくれないの夕ぐれ時に
蜘蛛が一匹　逆さづりになって
青白い空に腹這っている
天の門扉は開いたままか

——開かれる門
それは天上へ　か
地獄へか
世人《よびと》には　見えず

蜘蛛よ
そこらが地獄の入り口か
ひとの裡に見えるものは
ひとの外にも見えるだろう

ここ過ぎて——
と　鷗外は
ダンテの『神曲』〈地獄篇〉第三歌の冒頭をそう訳した*1
ここすぎて　うれへの市《まち》に
ここすぎて　歎《なげき》の淵に
ここすぎて　浮ぶ時なき
群《むれ》に社《こそ》　人は入るらめ

門の上の　この銘文を心に留めて
導者はみちびく生存の切り岸へ

この門を　一度くぐれば引き返せない旅路
おお　身も氷る　天への道は

それはそうと
この門をくぐるかどうか
迷いに迷っているうちに
門前で　いのちの炎が燃え尽きた人もいた*2
くぐっても　くぐらなくても

天の国は――待ちわびる

*1　森鷗外・訳　アンデルセン作『即興詩人』より。
*2　フランツ・カフカの短編「掟の門」。
―わたしは門である―ヨハネ福音書10章9。

Ⅱ

ペガスス——時空を旅する

——時空を旅することが
どんなに　心を解き放つことか
どんなに　スリリングなことか
どんなに　こころ浮きたつことか
たとえば今日
わたしは　見たことのないあなたと会話する
あなたはだあれ

わたしは夕べ　夕べの星
草原を駆ける　わたしは星

夜明けの　真昼の　そして深夜の星
きのう　ゆらりと海に沈んだけれど

いま　朱《しゅ》に染まる地平を駆け昇る
わたしは馬　翼を持つ馬
でも　わたしの星座には
なぜか　半身が無い

わたしはさがす　何をさがす
さっき海に沈んだ太陽は
いま　どんな街を照らし始めている　？
──「時」とは何か
その黄金の輝きと　紫の影と
焼き尽くす炎の轟音を知っている

わたしは探す　失ったものをさがす
わたしは　ときおり
紺青の海に浮かんだ島々の
白壁の町に　影のように舞い降りて

古代のちいさな聖堂の
聖人の顔が今にも剝がれ落ちそうなフレスコ画や
風に晒され　笛のように鳴る漆喰の穴
そこから斜めに差し込む
素晴らしく朱《あか》い夕陽に　永劫の
「時」のしるしを吹きかける

城壁にしみついた無惨な歴史の傷跡を
美しい謎の文様に変えても
人には　そこに何が施されたか　わからない

色あせた色調　誰かが落した涙で磨かれた石段
なぜそれが美しいのか

かつて「真理」を追い求め
すでに年老いた芸術家が
時おりその謎を解明するだろう
ながいあいだ見失っていた
ジグソーパズルの最後の一コマを見いだすように

——たしかにあなたは年齢不詳　性別不明
百七十いくばく歳まで生きたアブラハム*さえ比ではない
あなたは　ときに騎馬民族の少年のよう
うす緑の大地を蹴り
時間をわがものとし　駆け上り　駆け下り
妖精のように軽やかに　自らの世界を生きる

天空に　耀く宝石を
ひとつずつ置いて行くのと同じ手で
無の暗黒に　鮮やかな有を生む
わが足下に光るは　アンドロメダか　カシオペアか
人はそこに　また新たな物語を読み解くだろう

麗しい　星と星との距離空間よ
どうやってその天文学的な数値を割り出そうか

――おお　星と星の「空間」とは何か

風はフルートのような響きで
あなたの前に道を開く
あなたは　その風の速さを追い越して飛び

太陽の光より速く　東の地平に曙光を運ぶ
そして　そう　どこか悲哀に満ちた音律と共に
天地が開く

でも　でも　ほんとうは
あなたは　何をさがしていらっしゃるの　？

――「探す」　とは何か
いったい何を探すのだろう
わたしは探す　かつて見失ったものを
わたしは　探し求める者を　求める
わたしの星座に半身が無いのは
わたしを探す者が　わたしを見いだすため

――闇のなかに光を探せ

光は闇のなかに耀いている
限りない創造に加担する者よ　夜が暗いのは
見えにくいものを見えやすくするため
わが半身を見いだした者こそ
あなた自身を見いだす者
あなたはわが半身そのものなのだから

＊　創世記25章7には、「アブラハムの生涯は175年であった」とある。

ラプソディー

あれから旅した　そして見た
砂漠に沈む水瓶座
遥かな草原を
静かにころがる沈まぬ太陽

金色に輝く球形の月を
影絵のように横切るトナカイの群れ
その足音　鳥たちの羽音
また　わたしは聴いた
昇る太陽が　入り江をばら色に染めて行くときの

きらめき躍る天の楽曲

あれから旅した　そして聴いた
杭につながれた小舟を波が洗う音
内海に停泊する白い船には
降ろされたままの帆布があり
それをなぶる風の音があり
暮れて行く　今日ひと日の吐息があり

古い王宮の　大広間の振り子時計は休まない
規則正しく時を刻む通奏低音にも似て
よどみもせず　滞りもせず
近づきもせず　遠ざかりもしない

星々が　マストの先をかすめてよぎる時の

震えるヴァイオリンのような響きは
旅に晒されたわたしの耳にここちよい
どれだけ旅をしたでしょう

宇宙はどれだけ広いでしょう
銀河の岸辺に打ち上げられた片方だけの靴
果てしなく生の波間を漂う者も
この世に故郷をもたない者も
悲哀の弦をかき鳴らし
流浪の歌をうたうでしょう

パントマイム

旅の空
紺青の天蓋《てんがい》
ロープに吊るした
洗濯物が揺れている
おお　軽々と　空を泳ぐ
ポーズをとる

白いシャツが踊る
風がもぐり込んだから
顔のない白い人が踊る

乾いてしまった心が踊る

パントマイム　パントマイム
ふとした風のいたずら
顔のない　白いシャツの人がお道化る

日当たりのよい真昼の劇場
風が止んだら
風が止んだら
――白いシャツの人は　死ぬの　？

風が去ったら
たったひとりの観客も　席を立つ
風の役者はまた旅へ

パントマイム　パントマイム
白いシャツの人は　何と言ったの
風のいたずら

風が止んだら
白いシャツの人は　死ぬの　？

ムスカリ

ふと目の奥にとまった
足もとの青紫
異国の海が思われて
どうぞ教えてくださいあなたの消息
問うてみれば風が答える

名はギリシャ語のムスク（麝香《じゃこう》）からきた
青紫の小花を　さざ波状につけて
地中海沿岸が原産地
陸路か海路か　風の翼に運ばれたか

わたしの庭の片すみに錨をおろして　もう久しい
花ことばは——通じあうこころ

その花粉は麝香の香り
太古から　棺《ひつぎ》の詰め草として使われたというが
透きとおる日ざしと　石灰岩の白い墓
そこからも見えているだろうか
さざ波きらめく遥かな青紫の海が

流浪の花よ　あるときは
幼くして命を落とした少女の金髪を飾り
白くつめたい頬をやさしく埋めた
かすかな鈴の音を子守歌のように鳴らしただろう
別の花ことば　——旅立ちと悲嘆

ギリシャ神話では
青や紫は深い悲しみの色
人が生きて味わう喜びや悲しみ　あるいは苦しみ
その花に秘められたもうひとつの花ことばは
——絶望——
これにはだれもが　ゆっくりと目をそらす
なぜか　ゆっくりと

カンナの花

カンナの花　赤い花
真夏に燃える火
鈍く光る鉄路の向こうに
列車がガタゴト通っても
びくともしないで立っていた

とおい故郷の墓地の奥
ただ暑い暑い季節　人かげもなく
苔むして並ぶ墓石の間に
何も求めず　泪も流さず咲いていた

そういえば　幼いころの
古びたガラス窓の向こう
いびつにゆがむ庭石の方からも
――お化け　なんかじゃないよね
首をかしげたように見ていたが

ひとのこころの空洞のような
この世でもない殺風景なところに
なぐさめも　見返られることもなく
――何を悟れと？
黙ってひとり　燃えながら佇っている
カンナよ

わたしにどんなご用でしょうか？

つる薔薇の門

黒い鉄柵に絡みつく
つる薔薇の門
かたく閉ざされ
人影も見えぬ

黒い鉄柵に雪が舞い散り
やがて広庭に夏草が茂っても
百年前の嘆きが生《は》える
紅《くれない》の薔薇は咲き

紅の薔薇は散り

今宵もひとつ
嘆きの薔薇の花影が
星の光を被います

黒い鉄柵　つる薔薇の門
かたく閉ざされ　人影も見えぬ
いつまでも赦せない心のように

どこへ行くの

不思議な夏の終わりの日
わたしをとり囲む
無口でやさしい霊たちよ　どこから来たの
――虫や魚や　蟬の抜け殻を持って来たの
今年の夏にお別れを言いに？

何も答えず　くすくす笑う
――あなたは幼い日の仲良しさんね
ああ　あなたは虫取り網を持ったまま
止まった時間――無邪気な顔で

もう歳をとることもない

——いのち
ここに生きているわたし——何によって？
そして消えていく
この夏のわたしは　もう半分いない
あの日の　花摘みの　花籠も
みんなみんなどこへ身をかくす？

うす青い影を半分だけ残してどこへ
行くの　子どもは大人に　大人は老人に
そして老人は？
さらさらと昼の光が心地よさそうに流れ
さらさらと　あの煌く川の向こうまで流れ

不思議な夏の終わりの日
わたしの部屋の小窓には
手足の長い蜘蛛が抜け殻になって
しがみついている——異界の友よ
きみのたましいはどこへ行ったの？

移ろいながらわたしたちは出会い
移ろいながらわたしたちは別れ
移し身を繰り返し
無口な霊たちよ——わたしの肉親たちよ

夏が行ってしまわないうちに
さあ　もうお帰り
絶えざるひかりのなかへ
無邪気な鳥たちよ

あたたかい　ひかりいっぱいのなかへ

秋想

燻されたように
変色したページを開く
書架の隅に押しやられていた古い本
秋の陽がさしこむ窓辺に

透けて見えるは　あのころ
淡いトパーズ色に　あの時代

時がわたしを通り過ぎるのか
わたしが時を行き過ぎるのか

ページを捲れば　短い書き込みの文字
問うてみる　すでに傾きかけた秋の陽に
しずかに燻されていたのは何だったのかと

巻きもどされた映画のフィルムみたいに
今はもどらぬあのシーン
それは本当であったのか
――おお　あなたは覚えていますか

あのころ無くて　今あるもの？　そう
それは　ふりそそぐ　金や銀の陽光に滲む
朱《あか》い血の色かもしれない

日だまりのむこうに　すべてが

消えてしまった　ということゆえに
なにか　ギョッとするような

秋の日はすてき

琥珀色のヴェールをかけて
今日の陽ざしはほんのりと淡い
それでか　なぜか
少し　ものがなしい秋の日

ハラリ　ハラリと散りゆく欅の枝先に
うすくかかる午後の半月の
ほのじろい無言はミステリアス
彼は何を耐えているのでしょう
隠せば隠すほどしぜんに現れてくる　ものの本質

――秋はすてき

こんな日は
朽ち葉色のショールをフワリと巻いて
冷ややかな微風がつれて来る
モノクロームの物語をじっと
耳をすまして聴きましょう

ものがなしいと思えることがものがなしいのか
届いた葉書の青い文字か
ラジオから聞こえるシャンソンも
イヴ・モンタンも　もうとっくにこの世にいないし

木の葉をふり撒く見えない手よ
サヨウナラと手をふる――生存の理由なんて

問わない　今は

そんなわたしを
「それでも　よいではありませんか」　と
うっとりとめぐり来てくれる
どうということもない今年の秋の
そのやさしい親切がすき

ゆうべ

ゆうべ
雨がふったのね
欅の幹が濡れている
スモモの小枝に銀の露

だれかが通っていったのね
夜のうちに
あれは――ちいさな旅人が

そう

わたしに逢いにきた
足音もたてないで
声もかけないで

ただ通り過ぎて行った
ふりかえらず行った
やさしい秋の雨になって

落葉の林を白くけぶらせる雨は
夢のなかにも　ふった
わたしの中には悲しみが残った

荒磯

わたしの船は
大きくも　小さくもなく
いつごろ造られたのかもわからない
どうやら釣り船のようである
どうやら罪人を密やかに
どこかの島へ流したこともある

その船は　難破している
わたしの瞳の向こうで傾いている
どこか　潮気を帯びた荒い風の吹きつける

島の磯に乗り上げたまま

海鳥が鋭い鳴き声を放ちながら飛び来《きた》り
舳先にふわりと止まり　鋭い眼を
遥か遠くまでうかがうように動かす
その眼は精巧にできたガラス玉のようによく動く

けっして忘れることができないだろう
わたしの記憶の中にある風景
それはきっと誰の心の中にもある
もしくはその人の心が
否定しながら求めていたりする
人の心の奥の奥のはるかな郷愁

わたしはわたしの船をさがす

その地がどこにあるのか
そこは　この世なのかあの世なのか
——でなければ　どの世なのか
この光景が何を意味するのか

絶えて人の訪れることのない荒磯
夜更けになれば　この船が
どこへ合図を送るのか
それは何のしるしなのか
その船底に張り付いて　今も消えない白銀の
足跡たちがどこへ消えてしまったのか

わたしは今も
そこに置き去りにしている自分をさがす
そしてあの鋭いガラスの眼をした海鳥のことを——

Ⅲ

蛍

子供のころはホタルがでた
田植えの時期に飛んででた
金のひかりが糸引いて
スゥーイ　スゥーイ　スゥーイ

紫霞む　ほの淡い夕景は
貧しい人たちの心をおだやかにし
しのびよる夜をやさしくした
夕餉を待つ間の祈りのような
その祈りが聴かれるような

八畳の部屋の四隅に銀の環かけて
蚊帳を吊って寝た
ときおり　ちいさい姉さんが
外でホタルをつかまえて
そっと両手に包んで来ては
蚊帳の中に　手品のように放った

ホタルが飛びかう蚊帳のなか
スーイ　スーイスイ
あちらへこちらへ飛びまわり
それを見ている坊やも
いつのまにかスーヤスヤ

夜風が涼し　スーヤスヤ

どんな夢をみるかしら
その夢の眉の可愛らしさ
ホタルも眠れ　スゥーイ　スイ
みずからの命をしずかに燃やしながら

しあわせだったあのころ
ホタルは死者の霊だというが
水張月《みずはりづき》の墓地あたり
——今も見えるだろうか
ほんのりと白く漂うものたちも
今宵　夜の胸に抱かれて深々と眠れ

時鳥

鳥は　突然啼き始める
テッペンカケタカ　トッキョキョカキョク
キョキョキョキョキョキョ
激しく啼く　ひびきわたる
その谺が　谺を呼ぶ

栗の花が　山の斜面に咲き香るころだ
意味不明の鳥語で何ごとかを告げ
姿は　見せない

あるときは　あたりを震わせ
くるったように啼き
たれこめる雲間に　故しれぬ不安と
新たな疑惑を　撒き散らす

ホトトギスという名
不如帰とも霍公鳥とも書くらしい
意味も　由来も　かすかな困惑を呼び
この鳥の——托卵——という習性も
どこか　おそろし

それなのに　なぜかしら
人の心をくつがえさせるような
みょうに冴え冴えとしたひびきがある

だれかの心の内側に眠る〈魂〉を
驚かせ　目ざめさせ
まるで剝き出しにするような

繭

思い出の切り口は
干し草の匂いがする
ほの朱《あか》い夕陽が
納屋の土壁をぬくめ

――軒下では　祖母が絹糸を引いていて
幼いわたしがそれを見ている

蚕は桑の葉を食み
月齢をすぎると　水飴色に透きとおりはじめ

口から　細い糸を吐きながら　しだいに
われとわが身を　繭の内側に閉じ込めるのだった

くるくるくるくるまわる繭
まわして　まわして糸車
祖母のしわしわの手　光線を紡ぐ手
はぎとられ　巻きとられ
夕日に　金に　薄く　うすーく　透けてゆく繭

美しい幻想のような日々
この世の秘密を知り初《そ》めたころよ
すっかり糸が巻きとられたら
ころりと転がり出した黒い骸《むくろ》ひとつ

——見てはいけないものを見た

そのとき　わたしは五歳の無邪気を失った

あの日　祖母が紡いだ絹糸はどうなったかしら
その高貴な光沢と肌ざわりは　かつて
中央アジアを横断し　はるか地中海まで旅をして
あまたの王侯貴族の　魅惑的な衣装となった

いまも背なかに残る土壁のぬくもり
ついに飛びたてなかった無数の蚕たちよ
日没の太陽は今日も
地球のむこう側に廻り込もうとしているが
わたしの「道」を探す旅も
まだ終わりそうにない

薬草の匂い

それは——生家の土間の小部屋
吊り下げられた　ヨモギ　クコ　ドクダミの束
幼いころの隠れ場所
この世は　ことに暮れ方には
「子盗《と》り」という人攫《ひとさら》いが来るらしい

乾燥したセンブリの白い小花は
「いつでもお役にたちますよ」と囁く
琥珀色の液体は——妙薬
えも言われぬ苦さに　即座に腹痛が治った

晴れた日の午後　ふと
　どこかから漂ってくる　薬草の匂い

時代が変わっても
人と人との間に密かに生え出る　毒麦
人も　時おり魔女や魔物にすり変わるし
それよりもっと厄介なのは
「漠然とした不安」というこの世の魔物だろうか

けれどもあるとき　一瞬だけ
古い書物の封印が解かれ　わたしは知った
寄る辺のない魂を匿《かくま》う場所があることを
その名は「逃れの町」*
今もどこかにその入口があるはず

謎解きで　魂を蘇えらせるお伽話だって
わたしたちの傍を　生き抜いている
おとなも子供もおさなごの心で生きればよい　と
魂まで引っ攫って行かれぬように　と
——心の霊薬は神の言葉

そういえば　学校帰りに子供らが
そっと「魔法使い」と呼び
それ故に親しんでいた薬屋のおばあさんは
薬草の効能を知りつくしているようだったが

もしかして調合し続けていたのだろうか
人の世の「魔除け」の秘薬
煎じ続けていたのだろうか日夜

その人からは薄荷——でなければ沈丁花のような
すずしい香りが　いつも漂っていたっけ

＊　逃れの町—ヨシュア記20章

kaigara

旅さきの海辺で拾った貝がらを
ギヤマン風の器に入れて

眺めて見たりはするけれど
波の音は聞こえてこない

翠《みどり》の光沢はパウア貝　南の島の波の色
なのに　鷗の声は聞こえてこない

白い巻貝は　壊れかけたアラビアのランプ

夕日の虚ろを照らしだす
この寂しい美しさを　どうしよう
おお　この夥しい夢の抜け殻を

ぴかりと光る

あれはいつだったか
まだ若いころ
晩秋の山道で
日が暮れてしまったことがあった
月光さし込むカラマツの林
シンシンシンシンと絶え間なく

聴こえて来る音を
ふと立ち止まって聴く
あたりいったい　はてしない

とらえがたき　しずけさよ

だが　このごろは
日常の　ふとした折りにも聞こえてくる
耳の奥で　シンシンシン
――宇宙からのようなものが降る

あのころの登山靴もヤッケも
疾《と》うに捨てたはずなのに――
今も　どこか月夜の地平では
数え切れない「時」の針が降っているのか

人生の旅路も　日暮れになれば
耳に鳴るのか　カラマツ林の寂しさも
葉末に止まる月光の欠片《かけら》も

季節のなみだも流星のごとく
ぬれて　ぴかりと光るだろう

コトリ

何処《どこ》かしら
夕ぐれの空のあたりで
古い巨大な水車が回る
コットンと　音たてて

何故《なぜ》かしら
かすかな水音がして
わたしの心臓もコットンと鳴る
目には見えない「時」が　コットンと

素早く垣根を跳び越える
――時間には国境が無い

うすぐらい家の中では老女がひとり
白い丸薬を飲んでいる
コトリとちいさく喉を鳴らして

その隣り部屋ではコトリ
兵役帰りの息子が松葉杖をつく
コトリ　コトリ　コトリ

傷ついたあなたの涙も心も
戦場に埋めて来た
――それとも　この日々こそが戦場か

空には丸顔の　紙のような月が
コットン　と昇ったけれど
われらの守りの天使さま
何時《いつ》になったらお出ましか

万霊節《ばんれいせつ》

雨が降るように
――霊が降る

夏の終わりは冬のはじまり
篝火を燃やして　その前夜を祝おう
帰ってくる魂と
わたしの万霊節*のために

霊は　どこから帰ってくる？
そしてまた　どこへ行くの
――わたしは　いつも居るのよ　あたたかく
触れあう手と手はないけれど

大好きな人のお隣に？

夏の終わりは冬のはじまり
篝火を燃やして　その前夜を祝おう
祝しよう
あなたが私のそばで
ただいっときでも生きていたことを
人の一生のゆたかな収穫を祝うように
たとえどんな人生でも

わたしは祝おう
五歳で逝ったわたしの妹に
幼くして逝った世界じゅうの妹たちに

わたしは悲しまない　死なない人はいないのだよ
わたしはただ叫ぶだけ　悲しみを全開にして
わたしは悲しまない　死なない人はいないのだよ
わたしは叫ぶ　その不在の深淵にむかって

天使になって帰っておいで――万霊節に
あまたの霊は　どこから　くる
そして
どこへ　行く　の

やがてまた

白くつめたい雪も降るでしょう
あまたの霊が降るように
しずかに　しずかに　ささめきながら
わたしの万霊節に

＊「万霊節」は11月2日。キリスト教で、すべての死者の魂のために祈りを捧げる日とされている。

ママンの椅子

ミズナラの大樹の下で
六月の雨に濡れている一脚の椅子
粗末だが　背凭れの反り具合がしっくりと
身も心も受け止めてくれる
どんな名工が造ったものか

母が腰をおろし
通りがかった隣人も座り
終戦直後の　人の心のわびしさと
その生の重みを受け止めたであろう荒削りの椅子

母の死後ずいぶんたってからだった
薄暗い納屋の隅に　ふたたびこの椅子を見たのは
わたしは埃を払い　時間をかけて丁寧に拭いた
歳月に曇った眼鏡のレンズを磨くように

拭っても拭っても拭いきれないのは
戦の闇が残した傷痕だろうか
語り得ずして過ぎ去るものがある
月日はどこに去って行くのか
新しい時代はどこからやって来るのか

ある日わたしは
新型ウイルスに曇る世を逃れ
かつて母が座った椅子に腰をおろし

古い古い本*を読みはじめた
冒頭には
　そう　――今日　ママンが死んだ

懐かしい一節
木洩れ日に浮かび上がる過去のその一瞬
繰りかえす「時」のはざまに
さりげなく積み重ねられていくものがある　と
今日を吹く風が教える

椅子の背に深く身をあずけ　あらためて母と話そう
ママンが死んだあの日　わたしは何処にいたか
封印したまま気づこうとはしなかった
さまざまな夢の切りくち
平凡な　ある人が　ひとり　生きたということ

ほんとうに話したかったことを
ほんとうに聞きたかったことを
ママンの死が　わたしのその後に
どんな影響をあたえたかを
ゆっくりと　もう一度——

＊　古い本—アルベール・カミュ（1913—1960）
の小説『異邦人』。

新しい星

稲妻が
紅《くれない》の空を貫くのを見た
そのとき新しい星が
はるかな宇宙空間で誕生した
――目を開く薔薇色の雲

いや
絶望が
希望に変わる瞬間であったかもしれない

あるいは
信ずるものが帆を上げて
音もなく船出するときのような

——遠い　雷鳴

神話的時間と超越

中村不二夫

1

伊丹悦子詩集『オドラデク』（一九九五年）刊行時のことは鮮明に覚えている。まだ土曜美術社の事務所が西早稲田にあった頃で、当時の社主は加藤幾惠さん、たしか「詩と思想」の編集デスクは森田進さんであった。二人はいつになく真剣な眼差しで、外から声をかけにくいほど伊丹さんの原稿を食い入るようにみていた。あとがきを読むと、詩集のタイトルは森田さんがつけたと書かれているが、その熱心さがうかがわれるエピソードである。また、加藤さんが居島春生さんに依頼した装丁は白を基調とした、驚くほどシンプルなものであった。そこでの白は、いかなる夾雑物の侵入も拒む潔癖さがあった。これは詩人に対しての最高のリスペクトで、伊丹さんの詩集内容が、他に何も足すものがないことを示唆していた。それから二十五年、今ここに森田さんや加藤さんはもういない。私は二人の伊丹さんへの思いを胸に、この場にご本人が戻ってきてくれたことを感謝申し上げげたい。一昨年の『カフカの瞳』に続いての詩集で、今や言葉が次々に湧いてくる言葉の収穫期なのだろうか。

伊丹さんの詩歴は堅実そのもので、詩人クラブ中興の祖、安部宙之介（一九〇四―一九八三）の推薦によって会員になっている。また、初期詩集三冊の解説は徳島現代詩協会の重鎮扶川茂（一九三二―二〇二〇）が書いているので、しっかり段階を踏んで、着実に修辞力を身につけてきたことが分かる。伊丹さんは安部師や扶川師の存在を通して、詩人になるための技術的な基礎と人間性をしっかり学んできたといってよい。あれほど完成度の高い詩集『オドラデク』を世に問えば、おそらく後は自己模倣の道しかない。伊丹さんはそれを選ばず、つぎに向かったのはキリスト教で、内村鑑三（一八六一―一九三〇）によって提唱された無教会主義の聖書世界の学びであった。

詩作は自我の表出、キリスト教の目的はその全面的抑制と、まさに水と油の価値観で、両立するはずもなく、必然的に詩作活動は休筆となる。端的にいえば、伊丹さんは『オドラデク』一巻を置いて、詩界から一時的に姿を消した。

そして、伊丹さんは最近になって詩作活動を再開した。伊丹さんの詩の特徴は、二十年の歳月を経て、何も変わっておらず、いかなる詩的対象であっても、人や物が作者の恣意的感情に支配されず、自在で開放された言語空間をもっていることにある。さらに付け加えれば、詩人の心象を映し出す伝統的な花鳥風月の手法も用いない。あるいは現存在として、人間の抱えるあまりに日常的な心情をみだりに吐露したりしない。そこでの表現行為の核心をみていくと、人や物に特定の意味世界を付与するというより、まるで書くことが人や物の気配、すなわち文字を消すということのためにあるかのようである。はたして、このようにあらかじめ詩を書くことが目的化されず、詩は生まれて来ることなどあるものなのか。しかし、これが伊丹さんの詩法なのである。

これについては、既刊詩集の解説で、しばしば扶川茂氏が触れて、第一詩集『だまし絵』（一九八三年・徳島出版）の中で、つぎのように述べている。

語るというのは、一方で、語らなかった部分、隠れていく部分を、意図したか否とは無関係につくっていくことである。だから、ぼくらは語ったところによって自分を顕すとはかぎらない。むしろ、語ることによって隠れていったもの（あるいは隠されていったもの）が自分を語ることもありうるのだ。言語表現が、〝生そのもの〟でありえぬ以上、これはしかたのないことである。そして、〝表現〟するものの悲劇のおおよそは、ここに胚胎する。

（詩集『だまし絵』跋より）

扶川茂氏は伊丹さんの現在に至る詩の本質を鋭く看破していて、これに付け加える言葉は一つもない。

『だまし絵』に続いて、詩集『虚空のとけい』（一九八九年・そばえの会）を刊行し、ここでも扶川氏は、伊丹さんの詩の特徴について、「存在しえぬものの存在の申し立て」、「時と空間との錯覚の世界に立つこと」であると述べている。こうして書いていくと、近代の知的巨人ウィトゲンシュタインの「語りえぬものについては、沈黙しなければならない」に通じる普遍的見方がある。

そうして、さらに前述した不可能性の言語を深化させたのが、詩集『オドラデク』であった。

伊丹さんの『オドラデク』のタイトルポエムを引いてみたい。

踊ら木偶

人はいつも／聞いたことにしか／答えない／／答えはおんなじ／「それはこうです」「それはああです」／そこでわたしはこう言う／「ああそれでありますか」／／＊／／コノ　世間ノ　仕組ノ／意味ノナイ／サビシイ繰リ返シ／／＊／／そして／足元ではいつも／

カタカタ／おどるよ／わたしの／オドラデクが〳〵　きみは誰なの？／ボクカイ／ボクハ／キミノ　オドラデクダヨ〳〵たぶん／死んだあとも……

カフカの短編のひとつに、「オドラデク」という奇妙な物体が出てくる。それは、肺のないもののようにカサコソと笑う。

伊丹さんは、どこかで人生はブーバーの言う「われとなんじ」の関係性を断ち切り、非生産的な行為の繰り返しであることを察知してしまった。扶川氏の示唆する方向の予感が、詩作の中断を選択したことで現実化してしまった。それ以上に、人は生きていくためには他の動物や生物の命を犠牲にしなければならない。「人は何のために生きるのか」という究極の問い、ここまで及ぶと、その答えは文学ではなく宗教の道に行くことで解決するしか方法はない。それは伊丹さんに二十年という長い歳月の詩的沈黙を強いた。そこから、何を聞き取ったのか、その代償が必ずしも『午後二時の旅人』ではない。むしろ、二十年の歳月を経て、その視点は『オドラデク』以前の立ち位置へと戻っている。

良き便り　とはどんな便りなのだろう／あるとき　語られたこと／
あるとき　語られなかったこと／そのとき　語られなかったことの
中にこそ／多くの真実が隠されてあるにちがいない

（「語られなかったこと」三連）

伊丹さんにとって、これまでのキリスト教生活とは何であったのか。二十年前と現在の心境について、何が変わって、何が変わらなかったのか。いずれにしても、その詩全体に「語られたこと」「語られなかったこと」の二項をみることは必須である。

聖書にはクリスチャンにとって絶対的な詩篇があり、私の通う教会で信徒は主日の礼拝中、声を出してそれを復唱させられる。実際は翻訳されたもので、原文の意味はつかめないにしても、現代に書かれた詩篇も、たまには読まれても良いのではと希望を込めて言いたい。キリスト教は自我の消滅、佛教でいえば自我滅却になるが、こうしてみると宗教の道に行くには詩人的自我を捨てる覚悟がいる。詩人特有の強い感受性と批評的認識はいらない。神はすべてを備えられているから、何一つ自分で創造する必要がないというわけである。牧師の説教を聞いて、どれだけ自己嫌悪に陥って家路をたどることやら。伊丹さんは無教会なので私とはちがうと思うが、この二律背反はどうだったのか。「一瞬だけ」という作品は究極のキリスト教的価値観がある。

木ではない／魚でもない／鳥でも　虫でも兎でもなく／ほかのどの星でもなく／たまたま人間として／ぽっかりと／わたしはここにいるが／／何のために――とか／いつまで――とか／何を為したとか　為さぬとか／尋ね　たずねても　しょうがない／一度だけ／ほんの一瞬だけ／ぽっかり　そこに存在する／〈いのち〉とは　そんなものかも知れぬ

（二～四連）

我が家には猫が二匹、水槽には金魚、小さな中庭には大小の樹木、小鳥がくることもあるし、都会のど真ん中にヤモリが出没することもある。最近は盆栽棚も加わり、まことににぎやかで、みていて自然の起居振る舞いは完成されていて飽きがこない。こうしたことに比べ、執筆作業は反自然的行為に思えて仕方ない。ここで伊丹さんは真っ直ぐにいのちの先端をみている。伊丹さんに現在の心境をお伺いすると、「存在しえぬものの存在の申し立て」という思いは変わっていない。

ある意味、「存在しえぬものの存在の申し立て」の行く末は、伊丹さんの軸足が詩から宗教に向かうことを暗示していた。というより、その認識そのものが宗教であって、この二十年はその確認作業であったという見方もできる。よって、前詩集『カフカの瞳』も含めて、伊丹さんは初期三詩集の内実を踏襲したものとなっている。それでは、二十年にわたる学びの歳月の意味は何であったのか。とくに何かを学び取って詩界に復帰したということではないが、それは有益な迂回であったといってよい。「存在しえぬものの存在の申し立て」の見極めにそれだけの歳月を要したということに他ならない。しかも、その何一つ問題は解決しておらず、再び伊丹さんは詩界で「存在しえぬものの存在の申し立て」の確認をしていくことになる。

2

伊丹さんは二十年をかけて、巡礼の道を制覇してきた、と誇らしげにいってはいけないのだが、聖書というロードの中を歩いてきた。

タイトルポエム「午後二時の旅人」を読んでみたい。

午後二時の広場では／空に　いっせいに鳩が飛び立ち／「時」の番人が打ち鳴らす鐘の音が／響くよ　古い鐘楼から／／人の希いも　時を

打つ／胸の奥で　かすかに鳴っている　心臓の鼓動と同じ　休みなく――／きみが　きみ自身を忘れている時だって／／人も　その喉のどこかに鳩のような啼き声を持ち／さびしい時　傷ついた時や苦しみの時に／そっと啼いてみせる／ある時は　鳥のように羽を広げ／／どこかへ飛び立つ準備をする／煉瓦造りの時計塔の時計は／あたらしい時を刻みながら／誰かをしずかに待ち続ける／いつか帰ってくる人を

（一連〜四連）

午後二時という時間設定に目を留めたい。真昼である。場所は西欧の旧市街に建つ教会か。鐘楼を鳴らす時間は任意であるが、あえて伊丹さんはその時間を選んだのであろうか。

総じて、詩人は無国籍的、孤独であって、それはこの世に確たる居場所が与えられていない、理解者が相対的に少ないことを意味する。だが、キリスト者にとって、それは神の僕《しもべ》であることの必要条件であるが、一般にそんな苛酷な試練に耐えられる人はいない。やはり、人には快適な居場所が必要不可欠であって、伊丹さんのように異国の午後二時、広場の前に立つことはできない。「あたらしい時を刻みながら／誰かをしずかに待ち続ける／いつか帰ってくる人を」という心境は現世を離脱し、自ら来世に身体を預けて霊的に生きる詩人の真摯な姿が暗示されている。
人の一生は心肺停止によって、この世の肉体活動を平等に終える。心臓の鼓動はいのちの保証であるが、同時に逃れられない苦役でもある。神は「乗り越えられる試練しか与えない」というが、日々われわれの精神は多重債務に陥っているかのようで、どう頑張っても、それは死をもってしか返済できない。伊丹さんはきわめて早い時期、自らの詩作過程で、そうした人智を越えた神の摂理を知ってしまった。

――「探す」とは何か／いったい何を探すのだろう／わたしは探す　かつて見失ったものを／わたしは　探し求める者を　求める／わたしの星座に半身が無いのは／わたしをさがす者が　わたしを見いだすため／／――闇のなかに光を探せ

（「ペガスス　――時空を旅する」十五～六連）

「ペガスス　――時空を旅する」の余韻に浸っている暇もなく、「あれから旅した　そして見た／砂漠に沈む水瓶座／遥かな草原を／静かにころがる沈まぬ太陽」（「ラプソディー」一連）、「不思議な夏の終わりの日／わたしをとり囲む／無口でやさしい霊たち　どこから来たの／……／今年の夏にお別れを言いに？」（「どこへ行くの」一連）など、イメージ豊かな超越的世界に誘われる。すべてに共通するのは、現世のもたらす汚辱の縛りを解き、言葉が自由で原初的であることである。

伊丹さんは、詩人という創造者の衣をまとって、時空を旅する自由人である。ここでは、あえて聖書の寓話を借りることなく、自らの存在的意味の言語的開示に成功している。あえていえば、キリスト教に学んだ成果といえば、こうした言語世界の創造にあったというべきか。ここには、詩人の絶対的言語の行使だけでは完遂できない無限の超越性がある。

コロナ禍の中、キリスト教では認めていない自殺者も増加している。日本人の心の支えにもなっている「一人の命は全地球より重い」（中村正直訳）という言葉はどこへ消えていったのか。

——いのち
ここに生きているわたし——何によって？
そして消えて行く
この夏のわたしは　もう半分いない
あの日の　花摘みの　花籠も
みんなみんなどこへ身をかくす？

（「どこへ行くの」三連）

人のいのちは個人の努力や価値観ではコントロールできない。そこにキリスト教に限らず、宗教の存在理由があるのだが、自殺者はどこかに駆け込む場所があるのか。伊丹さんは、この夏に半分しか存在せず、どこかに消えて行ったいのちの所在を問うている。難しい手術に立ち会うと、必ず担当医師は生死の行く末について、「神のみぞ知る」というう。この見方は家族には冷たいようだが正しい。伊丹さんも、詩で心を癒すことはできないとみて、答えをキリスト教の中に探し出そうとした。

つぎに「万霊節《ばんれいせつ》」の後半部分を引きたい。

人の一生のゆたかな収穫を祝うように／たとえどんな人生でも／わたしは祝おう／五歳で逝ったわたしの妹に／幼くして逝った世界じゅうの妹たちに／／わたしは悲しまない　死なない人はいないのだよ／わたしはただ叫ぶだけ　悲しみを全開にして／わたしは悲しまない　死なない人はいないのだよ／わたしは叫ぶ　その不在の深淵にむかって／／天使になって帰っておいで——万霊節に／あまたの霊は　どこから　くる／そして／どこへ　行く　の／／やがてまた／白くつめたい

雪も降るでしょう／あまたの霊が降るように／しずかに　しずかに
ささめきながら／わたしの万霊節に

「万霊節」は11月2日。キリスト教で、すべての死者の魂のために祈りを捧げる日とされている。

ハイデガーは『時間と空間』の中で、人は死の前にどんな富の蓄積も意味がないという絶望の自覚と、それに対して「了解しつつ存在し得る」希望の意味を付加している。おそらく、キリスト者も同じで、伊丹さんは詩作行為を介し、「死なない人はいない」との事実の重さ受け止めている。

「新しい星」という作品では、「絶望が／希望に変わる瞬間」を捉え、それは「信ずるものが帆を上げて／音もなく船出するとき」であるという。

伊丹さんは詩人の無力性を知って、キリスト教に向かったのであろうが、最後の答えを再び自分の意思で書こうとしている。

二〇二〇年以降、コロナ禍で世界の人流、物流が止まっている。ウイルスは三十億年前に誕生しているから、後から来た人間の力でどうなるものではない。彼らは変異を繰り返し、近代医学がもたらすワクチンに素手で対抗している。ウイルスが生き続けることを前提に、人は新しい生活スタイルを模索しなければならない。そんな時代に伊丹は詩に戻ってきた。ここには詩と宗教、詩と哲学の問題を二十年に及び考えてきたことの裏付けがある。答えはいらない。問いがあれば、人は永遠に生き続けることができる。

世界の動乱や内戦、軍拡を手形にしての経済戦争、それがある限り、一人の幸福は描けない。賢治の「世界がぜんたい幸福にならないうちは個人の幸福はあり得ない」は的を射た思想である。もとより、キリスト教は世界宗教で、一国、一個人の幸福を願ってはいけない。その意味で、伊丹さんが内村鑑三の「世界そのものが教会である」と教会をもたない無教会主義に学んだことは必然にして最良の選択である。伊丹さんの中では詩的価値観と内村の教えが一体化している。

もう少し論じたいところであるが、予定の紙幅はすでに超過している。最後に現在の伊丹さんの心境を語った詩を紹介して終わりたい。さらなる詩業の深化を願ってやまない。

わたしの船は
大きくも　小さくもなく
いつごろ造られたのかもわからない
どうやら釣り船のようである

どうやら罪人を密やかに
どこかの島へ流したこともある

その船は　難破している
わたしの瞳の向こうで傾いている
どこか　潮気を帯びた荒い風の吹きつける
島の磯に乗り上げたまま

（「荒磯」一〜二連）

あとがき

　二〇二〇年、新型ウイルスの出現に、なかば巣ごもり状態で過ごす日々。けれど、どことなく心が落ち着き、何やら本来の自分に戻れるようにさえ思えて来る。できることの範囲が限られている方が、心やすらかに、単純に暮らせるものらしい。

　今年に入ってからも、先の見えない奇妙な生活形態が続く中で、日常の何やら気になることのくさぐさや、これまでの旅の追想などを心の空欄にメモしていくうちに、新たな詩片が生まれていった。


『午後二時の旅人』というタイトルは、プラハの旅で思いがけず出会った、午後二時を打つ「天文時計」の鐘の音――それは遥かな郷愁のようなものであったし、また何かの始まりを告げる合図のようにも思われた。

　午後二時という「時」にどんな意味があるのか。これといって腑に落ちる確たるものもないが、かといって、それ以外のどの時間であったとしても、妙な落ち着きの悪さが残ったであろう。

　はじめはただのかけらであったものが、次第に姿を現してくるような、日常の中にあぶり出されるような遥かな空間への入り口、また傍らを過ぎ去りながら、ふと合図を送ってくる目には見えないものたち。それらが、何ごとかを語りかけ、これまで生きて来たことの謎の幾ばくかを開いて見せてくれたりする。

なぜ詩を書くのか、未だにしかとはわからないままだが、これらの中の幾つかの詩片は、この世でほんの短い間でも生を共にした、とりわけ、もう歳をとることもなくなった幼い魂たちへのレクイエムともなれば、と希わずにはいられない。

時の流れと共に変わっていくものがあり、けれど時が流れてもなお変わらない奥深い何か――それを英知とか、真理とか、また、神の御業とでもいうのであろうか――偶然のように見えても、そこに大きな力が働いているのではないかということを、現在の世情を通しても感じさせられている。

このたびの新型ウイルスとの遭遇も、もしそれがなかったら気づかなかったことや、ひょっとして心の眼なども開かれなかったであろうことが意外と多いのではないかと思われる。それに、これまでどこかにひそんでいた私の詩の言葉たちも、戻って来ないままになってしまっていたかも知れないし……。

詩集に関わってくださいました方々、殊に、この未熟な詩集に懇切な解説をいただきました中村不二夫様に、深く感謝いたします。

そしてその都度、適切なアドヴァイスをいただきました高木祐子様、装丁の森本良成様に、心より御礼を申し上げます。

＊

先の詩集『カフカの瞳』を通し、カフカに造詣の深い方々がそう遠くないところに居られることを知らされましたし、また思いがけない方々からご感想を賜りましたことで、書き続けることへの励ましを受けましたことも、感謝と共に記させていただきます。

二〇二一年五月　　伊丹悦子

著者略歴

伊丹悦子（いたみ・えつこ）

一九四六年　徳島県生まれ
学生時代、当時日本詩人クラブの事務局兼会長をされていた詩人、安部宙之介先生に出会い、詩の手ほどきを受ける。
二〇〇〇年くらいから親の介護を経て、二十年近く『聖書』の解読に熱中。
昨年から、再び詩を書き始める。

詩集『だまし絵』（一九八三年）、『虚空の時計』（一九八九年）、『オドラデク』（一九九五年）、『いつかの空（詩画集）』（二〇〇三年）、『朝の祈り（詩画集）』（二〇〇五年）、『泉に行く道』（二〇〇八年）、『カフカの瞳』（二〇二〇年）ほか

現住所　〒七七〇―八〇四一　徳島市上八万町西山一七五一番地

詩集　午後《ごご》二時《にじ》の旅人《たびびと》

発行　二〇二一年九月三十日

著者　伊丹悦子
装丁　森本良成
発行者　高木祐子
発行所　土曜美術社出版販売
〒162-0813　東京都新宿区東五軒町三―一〇
電話　〇三―五二二九―〇七三〇
FAX　〇三―五二二九―〇七三二
振替　〇〇一六〇―九―七五六九〇九
印刷・製本　モリモト印刷
ISBN978-4-8120-2622-9　C0092